DES
RÉACTIONS.

Prix : 30 centimes.

AU MANS,
Chez l'Auteur, rue Sainte-Ursule,
N.° 8.

1816

DES
RÉACTIONS.

AU MANS,

Chez l'Auteur, rue Sainte-Ursule, N.°

1816.

DE L'IMPRIMERIE DE F.-N. RENAUDIN,
RUE DES TROIS-SONNETTES, N°. 9.

DES RÉACTIONS.

Les forces morales suivent la même loi que les forces physiques (1), et l'histoire des révolutions nous offre une série d'actions et de réactions politiques, dont le principe moteur est l'intérêt bien ou mal vu, réel ou factice de la majeure partie d'une nation.

Je vais éclaircir ma pensée par des exemples, et je ne les puiserai que dans notre histoire.

Sous la première race, les successeurs de Clovis, héritiers de la puissance absolue qu'il s'était faite, en abusèrent au point de disposer de la fortune et de la vie

---

(1) Supposons une force physique agissant contre une autre : ou elles sont égales entr'elles, ou elles ne le sont point. Dans le premier cas, elles demeurent en équilibre comme deux poids égaux dans les bassins d'une balance; dans le second cas, le mouvement se continue jusqu'à ce que la force majeure, diminuant à mesure qu'elle agit, ne soit pas plus grande que l'autre force. Alors l'égalité produit un moment de station, moment imperceptible, puisque la continuité du mouvement entraîne une déperdition progressive de la force majeure : à son tour, elle devient la plus faible; et sa rivale, augmentant dans la même proportion que celle-là diminue, exerce sur elle une réaction égale à l'action.

des *Leudes*, qui étaient les nobles d'alors, et de fouler aux pieds toutes les lois. Qu'arriva-t-il sous Clotaire II? Ce roi cruel, pusillanime, poussé par la vengeance et par les Leudes, livra une reine octogénaire, l'infortunée Brunehaut, aux insultes de la soldatesque et au supplice. C'était la royauté qu'il sacrifiait ainsi; car il tomba lui-même sous le joug que Brunehaut n'avait pu briser, et la monarchie déchue devint la proie des maires du palais qui représentaient les Leudes : première réaction.

Les maires du palais avaient la toute-puissance; ils s'emparèrent du titre : Pepin-le-Bref fut couronné roi; Charlemagne son fils, empereur d'Occident; et les Leudes ne furent plus que les *vassaux* (1) du monarque. Mais après la mort de Charlemagne, une suite de princes faibles ou imbéciles laissa les domaines de la couronne, la justice, toutes les attributions de la souveraineté, passer entre les mains de ces vassaux, dont le plus puissant imita l'exemple de Pepin : seconde réaction.

Depuis Hugues-Capet jusqu'à Saint-Louis, un système politique sort du chaos de l'anarchie féodale; la puissance des grands-vassaux s'accroît à mesure que celle du trône diminue; il y en avait, dit Vély, qui étaient en état de soudoyer leur roi; mais la régence de Blanche et le règne de son fils, le plus habile et le

---

(1) *Vassali*, domestiques.

plus vertueux des monarques français, mettent un terme aux progrès de l'usurpation; la noblesse se ruine par les croisades; le clergé est maintenu dans de justes limites; le trône, par l'effet d'une politique profonde, recouvre insensiblement les prérogatives qu'il avait perdues : troisième réaction. Les deux premières avaient été celles des nobles contre la royauté; la dernière fut celle de la royauté contre les nobles.

L'établissement des écoles et de l'université de Paris sème en France les germes de l'instruction; les nobles dédaignent l'étude des lois et l'exercice du pouvoir judiciaire; ils désertent le parlement qui se peuple d'hommes éclairés et laborieux pris dans le tiers-état; les communes obtiennent des priviléges; Philippe-le-Bel reconnaît un ordre dans ce tiers-état autrefois esclave; avec un tel secours il affronte l'excommunication du chef de l'église; il frappe la noblesse dans l'ordre des Templiers; il comprime les Flamands; c'est ainsi qu'il essaie une force jusqu'alors inconnue à la monarchie, celle d'un élément nouveau qui change tout dans l'art de gouverner, et finit par renverser tout sous le règne du second des Valois : quatrième réaction, celle du tiers-état contre la noblesse.

Mais ce mouvement n'était qu'une révolte dont les chefs n'avaient ni courage, ni lumières, ni patriotisme; le trône, par le caractère et les talens de Charles-le-Sage, reprit une action ferme et régulière, tant sur le peuple que sur les nobles : ce monarque sut faire face à l'étranger sans augmenter le pouvoir de la noblesse qui lui devenait utile; aux factions, sans être sévère jusqu'à la cruauté; aux besoins impérieux d'un état ruiné, sans recourir à la ressource dangereuse des états-généraux : son règne fut très-long par les grandes choses qui s'y firent; très-court par sa durée; et le règne suivant, cette déplorable époque de notre histoire, en détruisit tous les effets. Malgré l'influence qu'avaient prise dans les affaires le parlement et l'université de Paris, la nation décimée par ses princes, livrée à ses ennemis naturels, devint la proie de l'étranger : elle cessa d'être, jusqu'à ce que l'Angleterre, affligée des mêmes malheurs, eut perdu la force de garder sa conquête; Charles VII recouvra le trône, et Louis XI acheva l'ouvrage de Charles-le-Sage, en soumettant à son autorité absolue les grands fiefs, les seigneurs, les corporations et les communes : l'action continue.

Les guerres d'Italie sous Charles VIII, Louis XII et François I.er firent diversion aux mouvemens intérieurs; mais aussitôt que ces guerres furent terminées, la noblesse, poussée par un desir violent de rétablir le gouvernement féodal, s'empressa de ramasser la pomme de discorde jetée en Europe par Luther; elle entraîna, par la séduction des nouveautés religieuses, une grande partie du peuple; la guerre civile s'alluma : cinquième réaction, celle de la noblesse et du tiers-état réunis contre le trône et le clergé.

Ce n'était encore qu'une révolte, toute au profit de quelques ambitieux et de quelques mécontens : bientôt la *Réforme* mue par la noblesse, et la *Ligue* par le clergé, furent neutralisées par Henri IV, ce bon et grand roi, qui ne put survivre à la haîne fanatique des ligueurs, mais dont l'action lui survécut, grâce au ministère du cardinal de Richelieu.

Je ne ferai point à la *Fronde* l'honneur de la compter au nombre des révolutions françaises.

Le règne de Louis XIV fit disparaître jusqu'aux mœurs de l'aristocratie féodale, et la couronne fut plus puissante que jamais dans le dix-septième siècle et jusqu'à la fin du dix-huitième, action qui ne fut pas toujours égale dans sa longue période; croissante jusqu'à la guerre de la succession d'Espagne, décroissante depuis la révocation de l'édit de Nantes jusqu'au ministère de M. Necker.

L'Angleterre avait chassé les Stuarts; l'examen des hautes questions de politique et de morale avait accompagné, suivi cette singulière révolution; la France eut ses grands publicistes; il fallut y devenir philosophe pour être véritablement homme d'état; la colonie de Guillaume Penn enfanta une république dans le nord de l'Amérique : une réaction politique amenée par une réaction morale était inévitable : elle devait être terrible; car elle allait se faire contre toutes les actions partielles qui l'avaient précédée depuis la fondation de la monarchie.

Qu'est-ce que le tiers-état? Ce titre d'un écrit, qui fit à son auteur une si grande réputation, offrait à résoudre la question du jour; et depuis vingt-sept ans la

France est travaillée par ce problême dont la parfaite solution devait seule amener le terme d'une sixième réaction, renfermant dans son sein une suite curieuse de mouvemens secondaires.

La couronne était le seul grand fief du royaume; la noblesse avait perdu ce beau caractère de chevalerie dont elle tenait son illustration et sa gloire; le clergé ne brillait plus que par son opulence; les vertus évangéliques n'étaient plus le partage que de quelques pasteurs condamnés à l'obscurité des fonctions subalternes; de grands talens s'étaient développés dans le dernier ordre de l'état; la France était arrivée à ce point où une nation, tourmentée du besoin de changer ses institutions, attend du dedans ou du dehors les grands événemens qui doivent opérer cette fatale crise; et c'est de son propre sein qu'ils sortirent.

Le mandat des états-généraux était de corriger des abus; mais ils se convertirent en assemblée nationale, et prirent la résolution de remonter jusqu'à la source de ces vices, inhérens à une législation défectueuse : tout ce qui était entre le monarque et le peuple fut détruit; ensuite le trône s'écroula; la noblesse et le clergé disparurent; l'Europe entière se coalisa contre la révolution française, et fut vaincue; mais ce n'était pas assez d'avoir crié *vive la liberté !* d'avoir surmonté de grands obstacles; il fallait encore savoir être et demeurer libres : le courage et l'enthousiasme commencent assez bien les révolutions; la constance, les soutient, la vertu les finit; et les chefs de la nôtre n'eurent ni constance, ni vertu.

Dès que la résistance eut cessé, l'activité révolutionnaire chercha son aliment dans elle-même. La république déchira ses propres entrailles; comme Saturne, disait un de ses fondateurs marchant à l'échafaud, elle dévorait ses enfans. L'homme libre fut réduit à frémir au nom de la liberté; le vrai patriote tomba victime du faux patriotisme; en succombant, il fut tenté de s'écrier comme Marcus Brutus : *O vertu! ne serais-tu qu'un vain mot?* Enfin, le ressort se brisa de lui-même, et la guerre intestine des révolutionnaires, se prolongeant sous l'empire d'une constitution qui ne servait qu'au plus fort, soit qu'il l'exécutât ou l'enfreignît, livra la nation sans défense au plus hardi de ses généraux.

Là tout se confond et s'oublie. Un nouvel ordre politique se compose d'élémens pris dans tous les partis, dans toutes les conditions. On ne vous demande point compte de vos opinions, de vos principes, de votre conduite, de vos mœurs; on vous offre des honneurs et de la fortune, pourvu que vous serviez à l'élévation d'une famille parvenue. Du courage dans l'armée, de l'habileté dans les affaires, c'est tout ce qu'on exige, et l'on obtient l'un et l'autre avec un succès étonnant. L'Europe comme la France croyait la révolution finie; mais le feu dormait sous la cendre des conscriptions : le cratère du volcan était froid, tandis que les matières inflammables bouillonnaient au centre; on voyait bien quelques vapeurs s'exhaler par intervalles de cette terre si tranquille à la surface, phénomène avant-coureur d'une grande éruption, qui n'inspirait de pressentiment qu'à un très-petit nombre d'observateurs : un vaste empire tombe, la France rentre dans ses premières limites et sous la puissance de ses rois.

Le problême *qu'est-ce que le tiers-état* a-t-il été remis en question ? Non; il était résolu : le système représentatif a été adopté par le monarque, et le principe de l'égalité de droits reconnu dans une charte donnée par ce monarque lui-même. Ainsi, revient à son point de départ l'action révolutionnaire qui, de ce principe, s'était précipitée vers l'état démocratique: septième réaction, celle de la nation contre elle-même.

Cette force constituante qui régit aujourd'hui nos destinées est telle qu'elle va s'asseoir tout juste entre les deux premiers termes du mouvement qui a signalé la fin du dernier siècle. Ni en deçà, ni au-delà, telle est notre condition présente : ultra-royalistes et démagogues, tel serait votre écueil, si vous persistiez dans vos extravagans systêmes.

La révolution a tout déplacé, le régime constitutionnel va tout réordonner; mais il ne peut tout remettre à la même place.

Sans doute les intérêts lésés ont dû, de premier mouvement, chercher leurs compensations; mais le grand intérêt, celui de la nation, est une masse trop puissante pour qu'il n'absorbe pas ces oppositions légères. La haute justice qui veille au bien-être général n'admet point les réclamations particulières dont le succès compromettrait ce bien-être ; et dans les événemens extraordinaires qui changent la face d'un peuple, c'est tout faire pour la justice que d'arrêter le mouvement des révolutions.

La charte est donc l'arche sainte qu'aucun Français ne peut toucher sans être frappé de mort : les lois provisoires qui y dérogent ressemblent à ces enceintes élevées autour des monumens durant leur construction, pour en écarter la foule. Quand le monument est achevé, les barrières disparaissent ; il s'offre sans obstacle et sans voile à la curiosité publique ; par sa majestueuse élévation et son imposante solidité, il semble défier les caprices de la fortune, les ravages de la guerre et les outrages du temps.

Oui, nous pouvons regarder comme une vérité démontrée cette pensée consolante : *Que la révolution française va finir par l'établissement définitif de la liberté publique.* Ceux qui ne la voulaient point s'abusaient en se croyant devenus les plus forts ; l'expérience les détrompe, et le sort de la minorité les réduit à invoquer la sauve-garde des faibles, la liberté dont ils avaient toujours cru que la France n'était pas digne.

Respirez donc enfin, génération forte, exercée par les orages politiques, la guerre et l'adversité ; respirez, amans passionnés de la liberté que vos propres fautes ont instruits ; citoyens de toutes les conditions dont la fortune repose sur les promesses sacrées de votre roi, vous n'avez désormais à craindre ni humiliations, ni restitutions, ni coups d'état, ni vengeances, ni mesures arbitraires. La loi est faite pour tous; son empire devient de jour en jour plus absolu : si, quelque part, elle était enfreinte, ce triomphe de l'injustice ne serait que passager; il précéderait de quelques instans celui de l'innocence et du patriotisme.

POST-SCRIPTUM.

Le morceau qu'on vient de lire était à l'impression quand les journaux nous ont appris les communications faites par les ministres à la chambre des députés, concernant la liberté individuelle et celle de la presse. Notre espoir se réalise; une sagesse profonde a dicté les discours de M. le comte de Cazes, ministre de la police générale, et les lois dont ces discours renferment les motifs. Le régime constitutionnel a cet avantage inappréciable qu'il montre au grand jour la pensée du législateur et la marche du gouvernement. Dans ces communications solennelles entre le ministère et les chambres, où s'agitent les grands intérêts de la nation, il est toujours facile à l'observateur de saisir le caractère et même le penchant des premiers dépositaires de l'autorité publique. Ici, la noble franchise, la prudence qui naît de la modération et non de la crainte, la probité politique, vertu à laquelle on ne se permettait plus de croire, se font sentir d'une manière si digne et si pure, que le moindre doute deviendrait plus encore

(13)

un signe de folie que de méchanceté. La garantie nationale existe déjà dans toute sa plénitude, quand le
conseil du monarque s'exprime ainsi devant les repré-
tans de la nation :

« La surveillance la plus active (1) et la plus scru-
» puleuse a été exercée pour que les précautions ne
» devinssent pas illusoires. La correspondance minis-
» térielle atteste le soin que nous avons mis à nous
» faire rendre compte des mesures prises par les agens
» de l'autorité, et de l'exactitude avec laquelle nous
» nous sommes empressés à placer sous les yeux du
» roi, soit les mesures elles-mêmes, soit les réclama-
» tions qu'elles avaient fait naître. On a pu accuser
» quelques administrateurs d'avoir usé, avec trop peu
» de réserve ou de prudence, du pouvoir dont ils
» étaient investis. Placés à côté des hommes qu'ils
» étaient chargés de surveiller, ils ont pu quelque-
» fois concevoir des plaintes exagérées, ou accueillir
» avec trop de facilité les suggestions d'un zèle peu
» éclairé. *Il est difficile aux autorités locales de bien juger*
» *toujours l'ensemble des choses*, et de régler toutes leurs
» démarches d'après les intérêts et les convenances
» de l'état tout entier.

» .... Nous avons empêché ou arrêté tout ce
» qu'une ardeur inconsidérée demandait de plus; nous
» avons opposé une sévérité modérée *à la violence des*

(1) Voyez le discours de son excellence le ministre de la police générale, relatif à la loi du 29 octobre 1815.

» *passions et des inimitiés personnelles qui demandaient*
» *quelquefois des rigueurs inutiles.* »

Afin de mieux prévenir les effets de cette violence des passions, une nouvelle loi proposée par les ministres, réserve à eux seuls l'application des mesures extraordinaires que la sûreté de l'état exige encore ; et cette loi cessera d'exister au 1.er janvier 1818.

Quant à la liberté de la presse, les ministres jugent qu'il n'est pas encore temps de l'accorder aux journaux ; et je l'avoue, j'ai besoin de m'instruire par la délibération des deux chambres, pour sentir toute la force des motifs développés par l'orateur du ministère en faveur de cette opinion. « Nous ne vivons pas,
» dit M. de Cazes, dans ces temps réguliers et calmes,
» où la tranquillité du passé est un garant presque
» sûr de l'avenir, et où les *partis* (1), formés unique-
» ment par l'opposition des ambitions de quelques
» hommes, effleurent à peine la surface de l'ordre
» social...... Si une arène était ouverte tous les jours,
» je ne dis pas à leurs luttes, mais seulement à leurs
» plaintes, à leurs récriminations, à leurs souvenirs,
» à leurs espérances, ils y puiseraient une force nou-
» velle. »

Il serait possible de répondre que les journaux, étant seuls exceptés de la liberté de la presse, l'esprit de parti se réfugiera dans les pamphlets, écrits aussi

----

(1) Ce mot sorti de la bouche d'un ministre est-il donc si coupable sous la plume d'un citoyen ?

rapides, aussi subtils que la pensée. Ce ne sera point prévenir les combats; seulement on changera l'arène. Les journaux, discrédités de plus en plus, n'inspireront ni intérêt, ni confiance; la curiosité publique se jettera sur les écrits du moment, œuvres de l'inspiration, où les sentimens se montreront dans toute leur vérité, se balanceront par leur opposition; où seront empreints les traits mâles et naïfs de la liberté; où pourront être consignés, discutés les faits contemporains que les journaux auront reçu la défense de publier. La liberté de la presse peut-elle être limitée dans un cas, et ne pas l'être dans un autre? Et ne serait-il pas assez facile de prouver qu'en cette matière les demi-mesures manquent tout leur effet?

Espérons que le patriotisme et les talens dont les deux chambres nous offrent la touchante union, sauront éclaircir ces questions épineuses; et bénissons toujours l'heureuse prévoyance des ministres, qui remet aux tribunaux le pouvoir de maintenir ou de lever la saisie des ouvrages imprimés. Il ne dépendra plus d'un administrateur ou d'un magistrat de séquestrer pour un long temps la liberté de la presse; et d'après l'opposition de l'auteur dénoncé, les tribunaux devront prononcer sur la saisie dans le délai de huit jours. Ainsi disparaîtront insensiblement les pouvoirs discrétionnaires et leurs abus, pour faire place à l'action pure et simple des lois impartiales.

RIGOMER BAZIN.